Mis papitos
Héroes de la cosecha

My Parents
Heroes of the Harvest

Por/By
Samuel Caraballo

Ilustraciones de/Illustrations by
Obed Gómez

PIÑATA BOOKS

Piñata Books
Arte Público Press
Houston, Texas

Esta edición de *Mis Papitos: Héroes de la cosecha* ha sido subvencionada por la ciudad de Houston por medio del Concilio de Artes Culturales de Houston, Condado de Harris. Les agradecemos su apoyo.

Publication of *My Parents: Heroes of the Harvest* is made possible through support from the City of Houston through The Cultural Arts Council of Houston, Harris County. We are grateful for their support.

Piñata Books are full of surprises!
¡Piñata Books está llena de sorpresas!

Piñata Books
An Imprint of Arte Público Press
University of Houston
452 Cullen Performance Hall
Houston, Texas 77204-2004

Caraballo, Samuel.
    Mis papitos : héroes de la cosecha = My parents : heroes of the harvest / by Samuel Caraballo ; illustrations by Obed Gómez.
        p.   cm.
    Summary: A young boy speaks lovingly of his parents, who toil in the fields all day long harvesting fruits and vegetables, and return home in the evening for a well-deserved rest.
    ISBN-10: 1-55885-450-9 (alk. paper)
    ISBN-13: 978-1-55885-450-5 (alk. paper)
    [1. Parents—Fiction. 2. Harvesting-Fiction. 3. Farm life—Fiction. 4. Stories in rhyme. 5. Spanish language materials—Bilingual.]   I. Title: My dear parents.   II. Gómez, Obed, ill.   III. Title.
PZ74.3.C278 2005
[E]—dc22   2004060009
                                                                                          CIP

♾ The paper used in this publication meets the requirements of the American National Standard for Permanence of Paper for Printed Library Materials Z39.48-1984.

5 6 7 8 9 0 1 2 3 4   10 9 8 7 6 5 4 3 2 1

¡Chi-rri, chi-rri, chi-rri!
Trinan las avesitas
y mis papitos se despiertan.

Chirp, chirp, chirp!
The birds tweet their morning songs
and my beloved parents wake up.

¡Brun, brun!
Arranca la camionetita
que pronto los lleva al campo.

Vr-r-oom, vr-r-oom!
Off speeds the pick-up truck
that takes them to the fields.

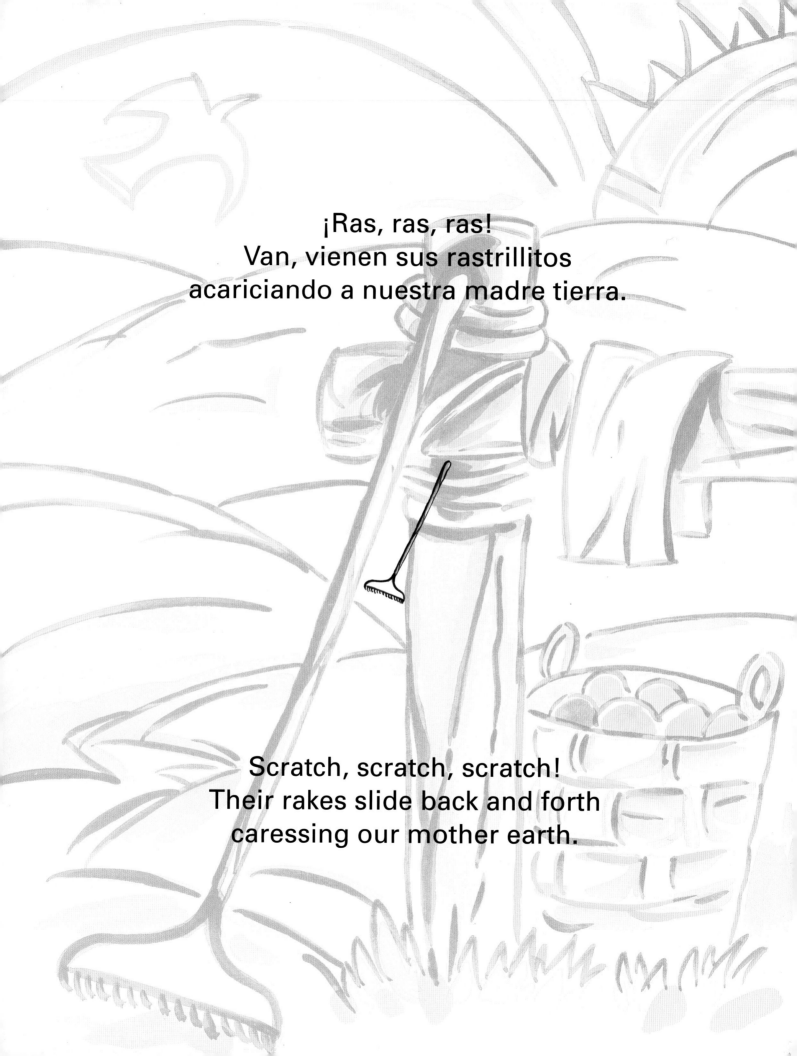

¡Ras, ras, ras!
Van, vienen sus rastrillitos
acariciando a nuestra madre tierra.

Scratch, scratch, scratch!
Their rakes slide back and forth
caressing our mother earth.

¡Zum, zum!
Zumban sus machetitos
al cortar la cañita y el guineo.

Z-z-zoom, z-z-zoom!
Their machetes swing,
cutting bananas and chopping sugar cane.

¡Trac, trac, trac!
Bailan las cebollitas
adentro de los saquitos.

¡Bom, bom!
Brincan las lechuguitas
en el fondo de los cajoncitos.

S-s-sap, s-s-sap, s-s-sap!
The onions dance and dance
inside the big burlap sacks.

Poom, poom!
The lettuces jump and jump
at the bottom of the wooden boxes.

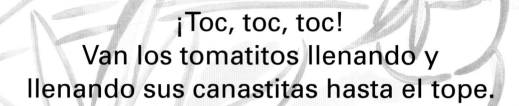

¡Toc, toc, toc!
Van los tomatitos llenando y
llenando sus canastitas hasta el tope.

Plop, plop, plop!
The tomatoes fill, fill, fill
all their baskets to the top.

¡Ja, ja!
Gozan las fresitas
al sentir el toque de las manos.

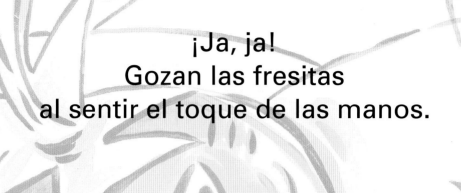

Ha, ha!
The strawberries enjoy
the feel of my parents' hands.

¡Pri-pri-pri!
Suena y suena el silbatito.
Terminó la labor del largo día.

Weee, weee, weee!
The whistle announces the end
of a very, very long day.

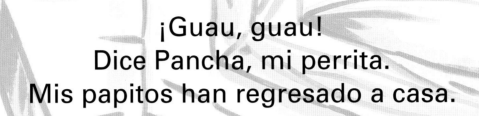

¡Guau, guau!
Dice Pancha, mi perrita.
Mis papitos han regresado a casa.

Woof, woof!
says Pancha, my puppy dog.
My parents have returned home!

¡Miau, miau, miau!
Los saluda Mauro, mi gatito,
mimándolos con su naricita y su rabo.

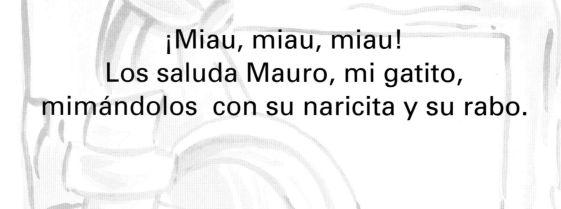

Meow, meow, meow!
says Mauro, my kitty cat,
brushing them with his nose and tail.

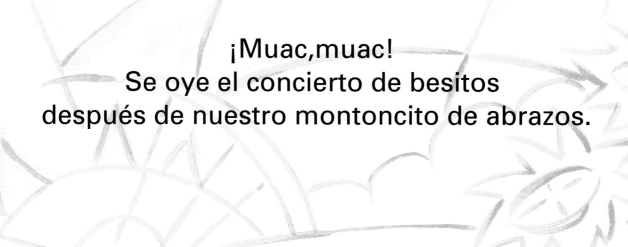

¡Muac,muac!
Se oye el concierto de besitos
después de nuestro montoncito de abrazos.

Mwa, mwa, mwa!
It's a symphony of kisses
after bunches and bunches of hugs.

Mmm, mmm, mmm . . .
Es la hora de la cena,
pero, primero, mi acostumbradito rezo:

¡Gracias! ¡Gracias!
¡Gracias a ti, lindo cielito,
por darme unos papitos tan buenos!

Yum, yum, yum . . .
It's time for our dinner.
But, first, my usual prayer:

Thank you! Thank you!
Thank you, sweet heaven,
for giving me such wonderful parents!

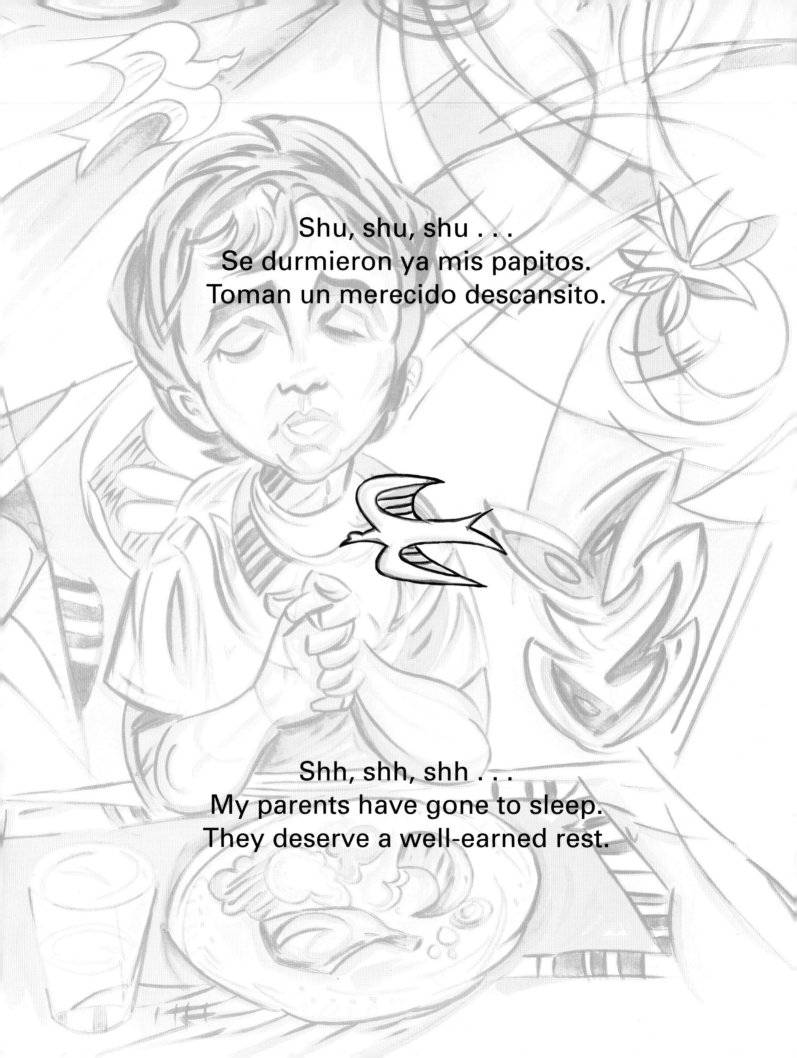

Shu, shu, shu . . .
Se durmieron ya mis papitos.
Toman un merecido descansito.

Shh, shh, shh . . .
My parents have gone to sleep.
They deserve a well-earned rest.

¡Zum! ¡Brun! ¡Trac! ¡Ras!
Mañana, bien tempranito,
continuarán la cosecha.

Zoom! Vroom! Sap! Scratch!
Early tomorrow, once again,
they'll return to the harvest.

Samuel Caraballo obtuvo una maestría en Educación en Cambridge College. Nació en Vieques, una pequeña y hermosa isla en las afueras de la costa este de Puerto Rico. Pasó muchos días de su niñez jugando en las colinas del campo y recogiendo mangos y guayabas, sus frutas tropicales favoritas. Ha dedicado muchos años a la enseñanza del español, su idioma nativo, en varias escuelas públicas de los Estados Unidos. Vive en Virginia con su familia. Le fascina la pintura, la pesca y escribir poesía.

Samuel Caraballo received an MA in Education from Cambridge College. He was born in Vieques, a gorgeous, tiny island off the east coast of Puerto Rico. He spent many of his childhood days playing in the countryside hills and picking mangos and guavas, his favorite tropical fruits. He has dedicated many years to teaching Spanish, his native language, in several public schools in the United States. He lives in Virginia with his family. He loves painting, fishing and writing poetry.

Obed Gómez nació en Santurce, Puerto Rico. Cuando niño se interesó en el dibujo e inició estudios de arte en la Liga de Arte de San Juan y la Academia de Artes Bueso. Se recibió de la Universidad del Sagrado Corazón en Santurce con una licenciatura en Artes Visuales. Su obra se ha exhibido en Puerto Rico, Inglaterra y los Estados Unidos. En el 2004, fue nominado para el prestigioso premio Paoli. Gómez vive en Orlando, Florida.

Obed Gómez was born in Santurce, Puerto Rico. As a young boy, he developed an interest in drawing and began art studies at the League of Art of San Juan and the Andrés Bueso Academy of Arts. He went on to receive a BA in Visual Arts from the University of Sacred Heart in Santurce. Gómez's artwork has been displayed in Puerto Rico, England, and the United States. He was nominated for the prestigious Paoli award in 2004. Gómez lives in Orlando, Florida.